张美林自署

南京师范大学出版社
NANJING NORMAL UNIVERSITY PRESS

图书在版编目（CIP）数据

野菊 / 张美林著. — 南京 ：南京师范大学出版社，2013.10

ISBN 978-7-5651-1585-1

Ⅰ. ①野… Ⅱ. ①张… Ⅲ. ①诗集－中国－当代 Ⅳ. ①I227

中国版本图书馆CIP数据核字(2013)第246986号

书　　名　野　菊
作　　者　张美林
责任编辑　郑海燕　周世英
出版发行　南京师范大学出版社
地　　址　江苏省南京市宁海路122号(邮编:210097)
电　　话　(025)83598919(总编办)　83598412(营销部)
　　　　　83598297(邮购部)
网　　址　http://www.njnup.com
电子信箱　nspzbb@163.com
照　　排　南京理工大学印刷照排中心
印　　刷　扬州市文丰印刷制品有限公司
开　　本　880毫米×1230毫米　1/24
印　　张　6.083
字　　数　82千
版　　次　2013年10月第1版　2013年10月第1次印刷
书　　号　ISBN 978-7-5651-1585-1
定　　价　18.00元

出 版 人　彭志斌

目　录

诗中的音乐

（代序）

叶　橹

张美林与我同在一所学校，但他是艺术学院的老师，而我执教于文学院。虽说文学和艺术相通，但我们之间很少交往。曾经在一些朋友相聚的宴席上与他同饮同乐，我对他的善于调侃、说段子，风趣幽默，留下深刻印象。他是很有名气的歌唱家，浑身透露出一种生命的活力。他演唱的《图兰朵》堪称经典。本来，我只把他当歌唱家看待，想不到他竟然也爱好诗歌，并且居然把一本打印好的诗集交给我，要我为他写一篇序言。

无论作为同事和朋友，还是出于对诗的爱好，我都是义不容辞的。我为不少诗集写过序，也因此结交了不少诗人朋友。张美林也许会因此而成为我的又一位新的诗友。

初读张美林的诗，难免带有挑剔的眼光。我对诗的阅读和判断，向来是宽中有严、严中有宽的。我不敢说我的审美眼光非常准确，但是我自信还是有一定感受力的。所以，在读张美林的这些诗时，我从感受的角度体验，首先是捕捉到了他诗中的音乐性。或许，是因为我知道他是音乐家而先入为主地预设图圄？有这么一点因素，但还是要凭诗的文本说话的。

不妨先读其《扬州小巷》。在“濛濛烟雨的季节/滴答出来的回味/很甜　很静/如同你淡淡的默恋”这样一幅动中有静、静中有动的画面中，那种说不清、道不明的“扬州味”已经跃然于字里行间了。这首诗整体上弥漫着一种古城的风韵。它似乎是一种难以释怀的对既往事物的怀恋，力图在想象的场景中恢复古老而优美的情景。它的语言节奏中显露出的情韵，似乎像月光曲，又像小夜曲，而当我们读到它的结尾处：

吱呀的门声
迎来送往
一个个世事春秋
如夜空里
隐约飘来的一句箫声
心绪更瘦
依恋更长

小巷
如今　你那么遥远
夜夜盼望
相遇的日子
最好还是

从前的模样

我把这两节诗摘引出来，是想用它来证实我对此诗的音乐旋律的理解。在“迎来送往”和“隐约飘来的一句箫声”中，对“更瘦”、“更长”的世事和心态，是如何同“那么遥远”的“从前的模样”交织成一支“生活进行曲”的。

作为一名优秀的歌唱家，张美林对诗的进入方式自然有他自身的特点。他因迷醉于音乐而使真实的生活近于迷幻，又在真实的迷醉中进入音乐的迷幻。且看他在《醉了》一诗中是如何表现这种情景的。他的醉是“多真的音调/新谱狂者的卑微/放大悲者的伟岸”，是在“稍纵即逝的诡秘中/挑一支蓝色妖姬/献上殷勤滴血的余香”。在种种的醉态中，似乎暗喻着一种对生活沉浮的感叹。正是这种感叹，透示着音乐旋律的起伏与无常。一般人有没有这样的“音乐的耳朵”来倾听他的诉说呢？但愿他能获得更多的知音。

张美林不仅是一位音乐家，更是一位生活中的普通人。沉醉在音乐的梦幻中时，他感到“世界虚空”；而作为生活中的人，“我为具象”。这是他在《今夜》这首诗中想表达的意念。他的自我嘲讽，他的种种的“如……”，其实都是真实的“我”的自审和自省。而最终他落笔在“今夜/只想用一屋的黑与寂寞/深情地写一个人字给你”，其实表达的就是一种追求人的真实回归。

在现代社会的各种“关系”的复杂纠缠中，人性的异化已经是普遍的、不争的事实，但张美林的自审与自省精神，表现出的却是作为一个真实的人的勇气：

用月的秋凉
寄去我
款款而来的倾诉
午夜
我　只想你

这样的倾诉中，自然有些无奈和孤寂，但作为真实的人的心态，正是他亲近诗性的表现。

生活中的诗性，如同生活中的旋律与节奏一样，是需要悉心体味才能领悟的。音乐家以音响来表达他们的内心领悟，而诗人则以文字和形式来传达他们的心声。有一些诗性，是完全依赖于诗人自身的内心情感和意念来“结构”的。张美林的《无题》一诗，充分表达了这种“结构”的艺术魅力。他以“天”、“地”、“人”、“犬”、“年”、“月”、“日”、“你”为主题的梯形诗句，不但表现了他对这些主题的观察和领悟，而且暗含着他对形成这种阶梯式现象的体察与批判。或许，这种诗的结构和形式具有某种程度的“游戏性”，但这种“游戏”的形式，正是诗人自身对生活观察与领悟的结果。在这一点上，显示出张美林的诗性智慧。

在张美林的一些诗里，诸如《温暖》、《短信》、《窗前》、《青涩》中，我们能够读出他的瞬间灵感中蕴含着的经久思考，读出作为诗人所必须具备的诗性的观察和体悟。在这些诗中，或者深藏着他内心的隐秘，或者隐含着对一些现象的多面体的呈现。而这，正是某些把生活简单化和平面化的人所不具备的品质。我非常高兴地看到张美林作为诗人的形象出现在人们面前时，是一个具有立体感的人。歌唱家并不是歌颂家，所以张美林的诗，也有一点复调的杂色，我以为这是十分可贵的。

当然，作为一个并非专业的诗人，张美林的语感与遣词造句，或许尚可作进一步的推敲，以达到更为优美雅致的目标。我们可以寄望于他的下一部诗集吧！

2013年6月8日于扬州

（叶橹，原名莫绍裘，扬州大学文学院教授，研究生导师，著名学者、诗歌评论家，在中国现代主义诗歌评论界享有权威地位。）

野　菊

都说你是祭故的贡品
亲近你方知我的武断
金黄的温暖仿佛给枯涩写满春讯
珍藏相册又增添几多妩媚与默许

都说你野性狂然
却被愚昧的路径挤出一对肩膀
如同黑夜里的两团火
照亮迷途中黑色的眼眸

旷野里凑近你的芳香
翠绿得让我找到悲喜的归所
大风歌谣
依旧静静地坐视来往
一脸芳容
写着你我灿烂的渴望

没有露水
却打湿了透凉温情的心
没有光亮
却燃尽了我最后的诺言

孤独地
孤独地守护那仅有的
一扇珠帘

我的花儿
你开了一季
却放不下我
对你的眷恋
坚守如一

拓　荒

四月的阳光
殷红　自由　倾泻　闪亮
忧伤坐在乡村的路旁
枕着场上的碾子
眯望菜花欲滴的金黄

炊烟缭绕
青砖红瓦房
绿草繁花　堪做围墙
扔一块砖
打探深邃暗绿的水塘
水泡泛起又
消失　像最后的残喘与打量

若干年后的秋凉
欲寻姓王的生产队长
他连同城市的废墟
一起打包
晾晒在
郊外的垃圾场上

凝望落日斜阳
风时轻时重的板眼
叠压在久违的风景之上
那煤气燃起的微光
憧憬　挣扎　直行
激情却依然难忘

四月的阳光
灿烂的地下
深埋着悲情的拓荒
人间沧桑
剩下你我
心中撩起的那一片
绿色和阳光

渠

我走在干涸的渠
你走在回家的路
一步一步　丈量你的心事
没有一滴滋润的雨露

我走在干涸的渠
惦起爹娘的吩咐
寒风冽冽　灌袖而入
沿途的花草憔悴荒芜

我走在干涸的渠
走失在旷野的迷途
黄昏哆嗦　夕阳冷漠
收拾起向往和无助

我走在干涸的渠
炊烟袅袅幻为废都
清风牧笛　抚摸芦苇
缠绕前行的脚步

我走在干涸的渠
你在屋里另推窗户
祈望四月　漫野青绿
入眼却是拨不开的云雾

我走在干涸的渠
恍惚之间板结成了路
灰鹊窜飞　叽叽喳喳
唤着旧时落下的债务

我走在干涸的渠
依旧找不到回家的路
乘月色已明　裸露自我
钻进泛绿的池塘对水倾诉

我走在干涸的渠
忽然窜出一群野驴
吼它三声民歌散曲
排出的形状俨然有序

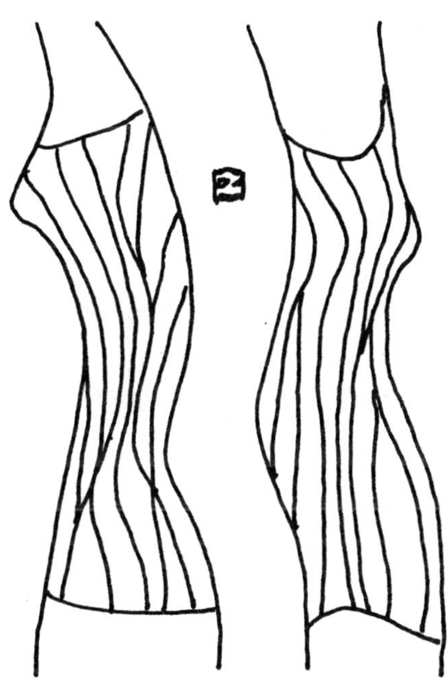

我走在干涸的渠
裂唇在大风中疾呼
汹涌的冰山雪水呀
快来盛一池欢蹦乱跳的鲤鱼

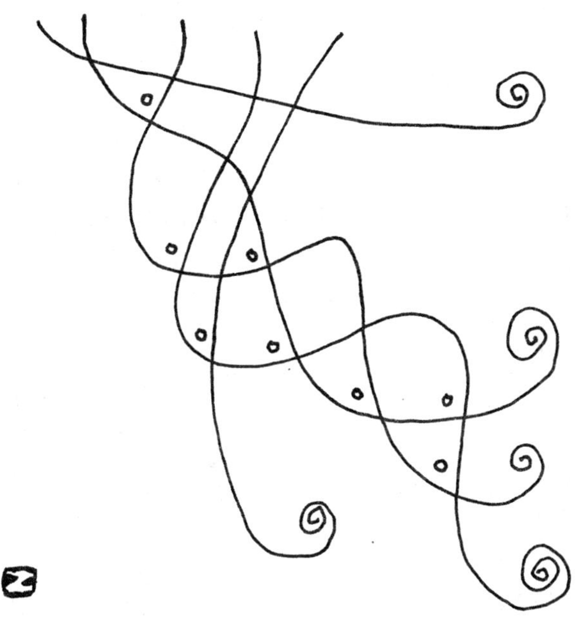

风的那边

春暖细雨
生发在
田头　木桥　河边　白被单上
丝丝无声
断断续续
菜花黄得翻卷绵延
呼唤天边那两座山
依偎其间的草屋
遮挡风雨的纠缠盘结
一任檐下流水滴答

蒲公英摇曳的姿态
一段如梦如幻的歌谣
徐缓　再勾勒一轮红日
遐思　任性的淡然情愁
外婆头上油亮的发髻
用红簪慢慢一插
一回十八岁的滚滚红尘
繁华　闪亮

它吹走了尘埃
没有故事
情节与感叹号
串串连缀
沉浮起落
好在合围的帐幕好大好大
圈着零碎的编织
多少有点欲擒故纵

风的那边有多远
只有吹来的那片芭蕉知道
它一半焦黄一半青
像灶膛里冷热两头的火叉
烘干寒露与寒潮
阻隔不了
烟火的缭绕与你的体温
不确定的神叨
惊喜时时向你
年年岁岁
寒来暑往

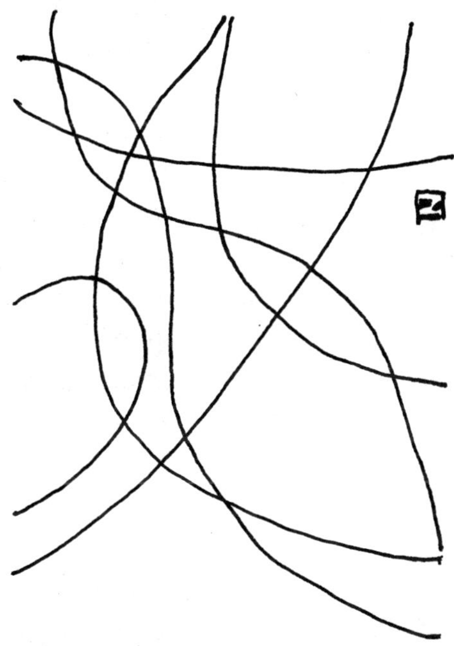

菜花又黄了

菜花又黄了
掬一捧欲动的水
凉凉地惊悸
久违的独白
用碾子枕睡
醉梦　在田庄里逍遥

菜花又黄了
像折叠的岁月手卷
悄悄打开
滴滴墨香飘然
蝴蝶飞来飞去
打量着穿牛仔裤的幺妹
迎送的木船
已在田的那头等候

菜花又黄了
欲滴　清香
四月的潮湿
浸湿昨夜的幻梦
挥手招摇的红丝带
编成　精致的蝴蝶结
待我轻轻打开

菜花又黄了
仰望时风时雨的苍穹
嚼着杂草的嫩汁
充盈旅行的能量
再等一个时辰
中堂的百合图案
门口的鞭炮冲天
放大你我眼里的庆典

菜花又黄了
静静地醉卧
这片田野
沥沥一季的雨中
回眸菜花的初黄
倒影成站立的孤鹤
守候一生

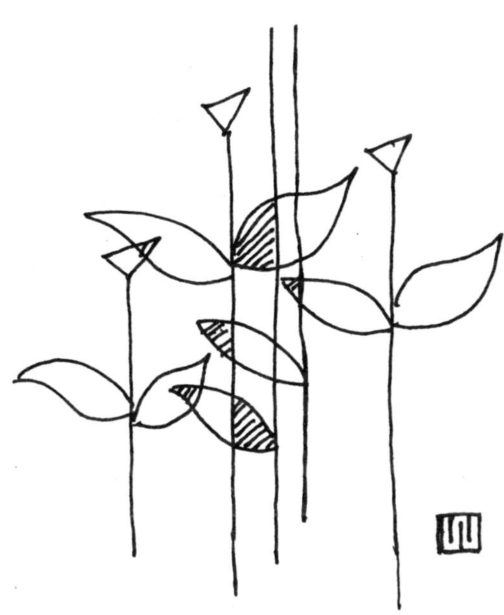

雨　季

生命的交觥
亦如风雨际遇
半分恣意
沧桑不分昼夜
帆的故事　从此
漫延开来

划过藻的年份
浸润月夜的
不止是
春江花月
只期待这雨季
斑竹梧桐的摇唱
鸿雁飞过
带着家信
为你轻轻打开

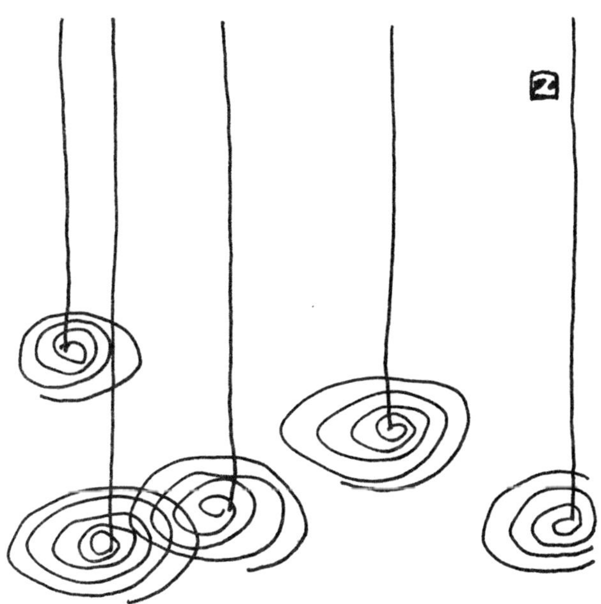

2012年冬雪

亲
下雪了
我把自己　藏进
暖暖的被窝里

冬雪
夜梦　梦中
掉进冰窟
惊醒　床下
一片冰霜

致美的回响

三月
用一半艳美桃红
另一半晨霭柳绿
还有船娘摇出的歌谣
合押宋词长短的风韵
把天然流淌的故事
悄然打开

三月
用一壶煮沸的清茶
品味一江碧水
风的动静
琴瑟和鸣
把青绿山水的音调
茉莉的芬芳
吹拂得悠扬　高远
制造一种
致美的回响

三月
天　令我作别孤飞
地　使我拓宽稳实
水　让我渗透深情
风　催我追逐快乐
雨　与我缠绵无悔
你　给我爱的理由

三月
阳春的题记
生命的发端
无语　萌生
像两尾游来的小鱼
首先读到水的温度
层层动人的波光粼粼
闪烁迷人的热望
一直游向
水的中央

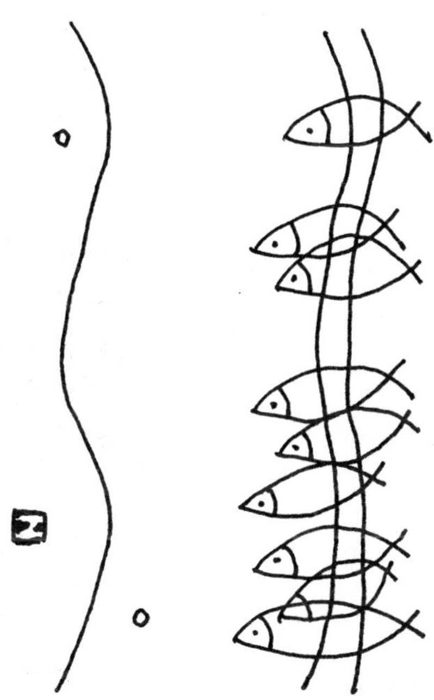

丝瓜藤

墙角的丝瓜枯藤
生命青涩的钟情与体味
一节枯藤
燎起云烟
网成天真童话的经纬

傍晚的迷藏
藤烟背后的全部
吱吱作响
蠢蠢欲动
像斗牛士战前的酝酿
呛成的泪人儿
哗哗流淌苦麻
从不言弃
长短不齐的烟头满地
一个个成年男子的梦想

谁说岁月无痕
那烫疤
是藤烟烙成的画
装饰我骄傲的门面
形似满月　高悬嘴边
那枚公社里的大红印章

每季的丝瓜枯藤
重复的记忆标本
我欲摘一枝再燃成烟
随风摇曳的瞬间
孤零地黯然神伤

一季季丝瓜枯藤
缀满几代人的眼睛
却淡出人群
浓烈唯我
像初民对待生命
认真得自命不凡
搂了又搂
心动神迷

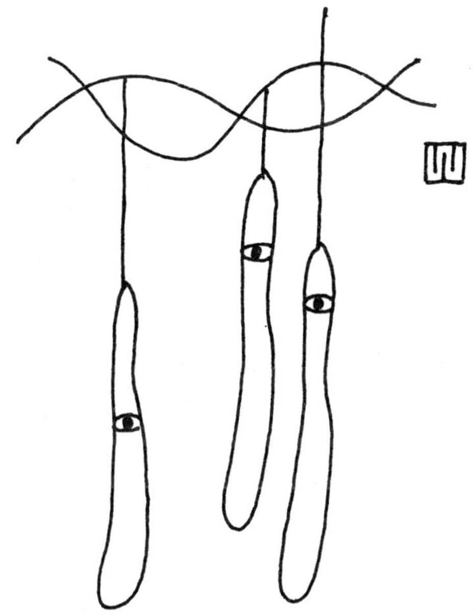

初　夏

初夏
亦如荷的升腾
禅意
于几缕清香里

是故
一年后的夏夜
如期等待
雨打荷塘的声音
还有
你我呼吸里
萤火追逐的流年

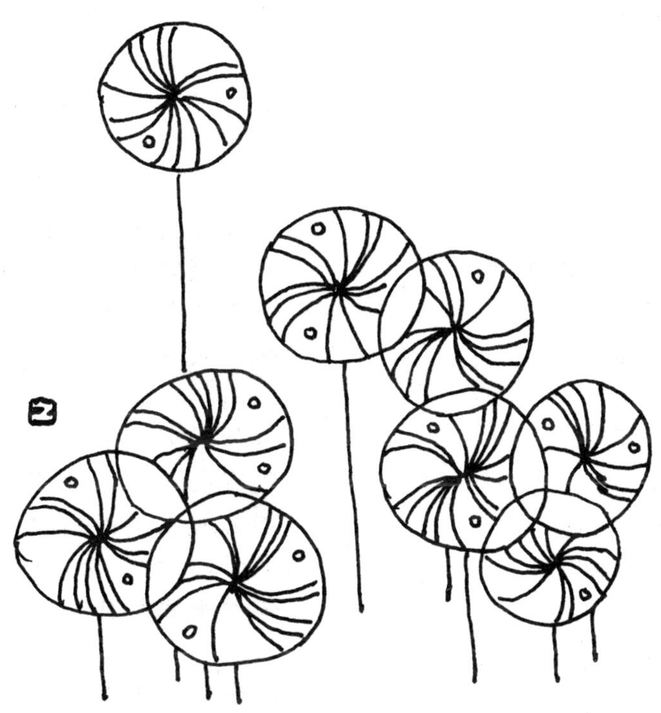

假如时光能够倒流

假如时光能够倒流
我定将似水年华作为赌注
用青春敲打动人心魄的节奏
用心灵打造真善美的平台

假如时光能够倒流
我依然怀揣期待已久的梦想
白桦林般的版图
注入我的热情与追求

假如时光能够倒流
我会再次选择你
灵动飞舞的指尖
流淌着外婆唱过的童谣

假如时光能够倒流
我将与你相伴
裸露幼稚纯真的表白
不再为昨日的荒谬泣歌哀愁

假如时光能够倒流
我愿徜徉在《生命交响曲》里
去细细品味活着的时时刻刻
将怀旧褪色的音符重新弹过

假如时光能够倒流
我将扼住生命的咽喉
在平添苍凉的年轮里
抚平灵魂折叠的伤痕

假如时光能够倒流
我定会与你牵手漫游
不再枕在朝拜的坟头
用无助的呻吟和呐喊
垫付平庸的代价

时光能够倒流么
在网络界定的天地里
弄潮儿的狂想
把时空远远地抛在后头

“我们已经忘记了这个时代
我们成为了超时代的人……”
尼采的时空情结
昭示着落后的悲哀和前行的快乐

尽管时光不能倒流
在即将分别的时刻
我会忘情拥抱你
音乐
我永远的恋人

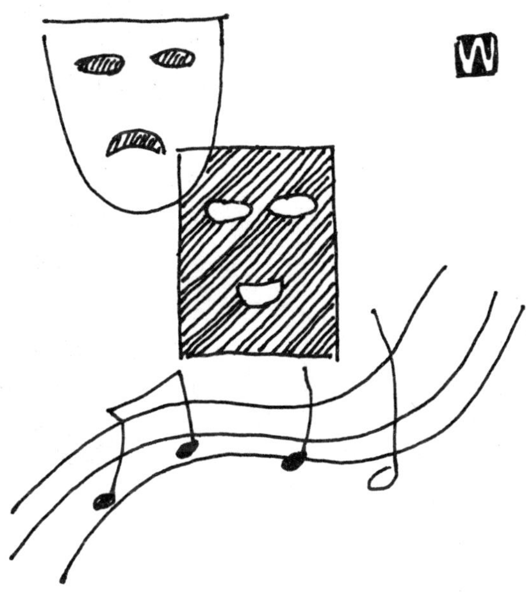

母　亲

每当我拜读母亲的诗文
心总跪着我的虔诚
母爱是今生唯一的精神

每当我聆听母亲甜美的歌声
总是温暖如春
最先感动的却不是我一个人

每当我做错事情而有些纳闷
总不敢抬头而一味地哼哼
慈母情怀又一次让我找回童真

每当回忆母亲陪我走进校门
娓娓道来的总是教人求真
抒不尽的是毕生永久的感恩

每当我看到母亲脸上的皱纹
做儿女的我心里好疼
娘的心头肉此情最真

每当我听见母亲颤微的话语
我已成人而你却白发丛生
孝道穷尽总也不能量衡

母亲　你是我最亲的人
对你的爱无私永恒
来世求你还做我的恩人

2013 年 1 月 7 日　中午

七日
正阳
天降龙女
你啼哭一声
整个世界
摇晃起来

就叫果果吧
我的太阳
你
还不知道快乐
姥爷
先替你癫狂

六斤二两
轻盈乖巧
每个人　都以
六斤二两的轻快
步步生花

小精灵
你
不屑言表
四肢舞动
一个生命的庆典
感恩今生

Do 和 Si
心动的音符
倾斜我吧
给你一个世界
姥爷的梦
在第一声啼哭里
绚烂
张扬

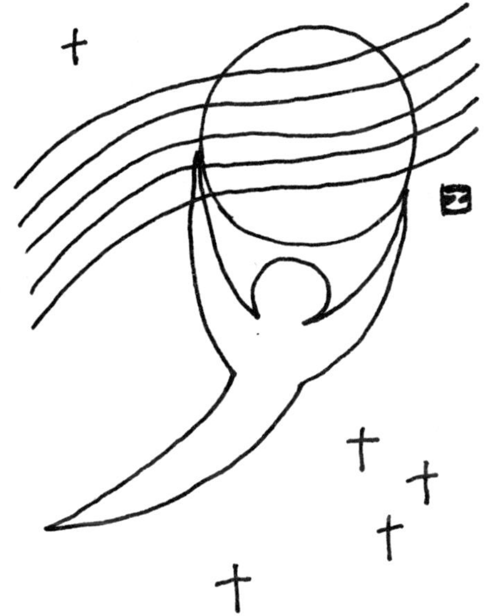

冬冬与她

冬冬蔫了
三天拒绝美食
她也病了
呻吟高低
像那首红豆词

阳光真好
冬冬轻啜一片鸡皮
她草草喝了些汤
谁不睬谁
离开得悄无声息

冬冬的眼神
欢乐的晴雨表
她躺在宽大的温床上
各自昏睡
搂着自己的悲伤

冬冬轻吠几声
她感动得
三步并作两步
彼此心动神速
合成一首挥不去的曲

（注：冬冬是她的爱犬）

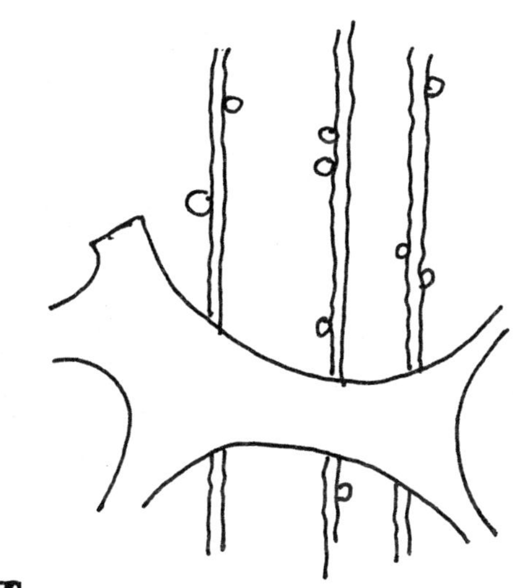

扬州小巷

濛濛烟雨的季节
滴答出来的回味
很甜　很静
如同你淡淡的默恋

青砖灰瓦的基调
女儿墙上
攀爬的蔷薇
还有丝瓜花
将夏日的绽放
悄悄珍藏

弥漫的
油馓香　吆喝声
牵着
拉车人忙碌的背影

晨光里
外婆搀扶着我
摇晃的影子
剪出蹒跚
散发光华

傍晚
妈妈的呼唤
从小巷这头
传响至那头

咚咚声
有节奏地踩在青石板上
童年的心曲
沉醉不愿醒来
静谧　飘渺
雨滴
在掌中集聚
掬一弯月亮
向天仰望

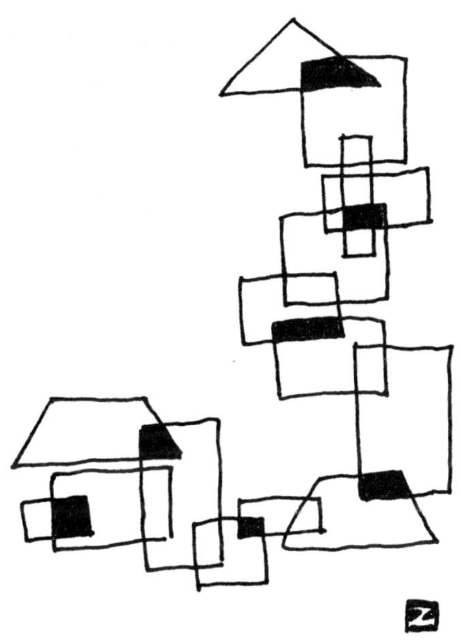

吱呀的门声
迎来送往
一个个世事春秋
如夜空里
隐约飘来的一句箫声
心绪更瘦
依恋更长

小巷
如今　你那么遥远
夜夜盼望
相遇的日子
最好还是
从前的模样

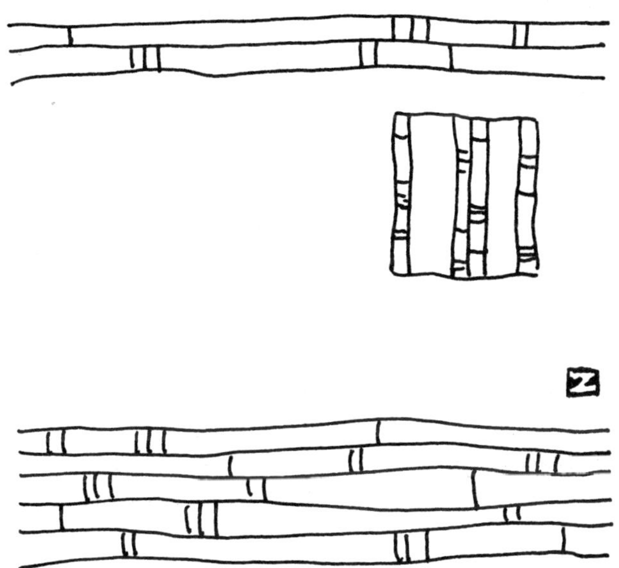

梦里水乡

我的家乡虽美不过天堂
却是心中的梦里水乡
五谷丰登
莲藕芬芳

我的梦里水乡
一生难忘的地方
地肥水美
芦花飞扬

我的梦里水乡
每棵树上都刻写了我的理想
岁月流金
天天向上

我的梦里水乡
从小我撑起柔弱的肩膀
扛起重负
轻轻摆放

我的梦里水乡
母亲寄予我最大的期望
题名金榜
追求高尚

我的梦里水乡
唱响人生的最初剧场
精彩纷呈
为我鼓掌

我的梦里水乡
业绩荣耀地写在脸上
那么骄傲
一生荣光

地中海素描

一

在欧亚时空的隧道里
做一个长长的旅行
摇影　如梦如幻

风清天高
人　静候在
红瓦绿树
钟声回响
直指苍穹的教堂庇护
众生和谐
一种力量
把国界模糊
运转出和美　安详

我用清晨第一缕阳光
编成花环
挂在一声声的问候里
叮当出如歌的优美
琴声奏响
呼吸平缓
抖落虚伪的外壳
暴晒灵魂的霉味

我对上帝说
愿做一只候鸟
每年一季
讲一个真实的杜鹃啼血
褪去一层羽毛
轻轻地着陆　问
我是谁
从哪来

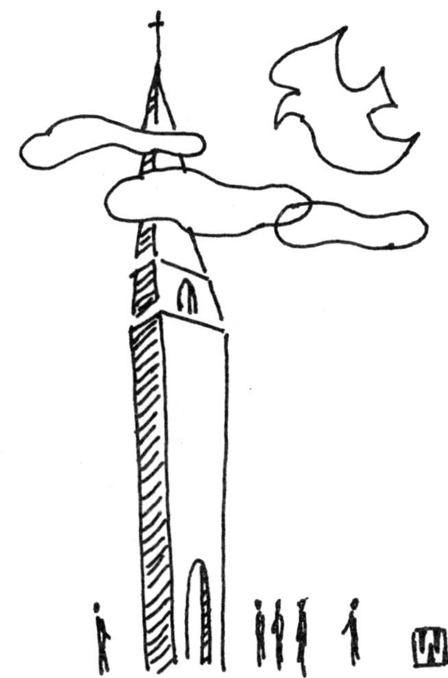

二

有人说
荷兰是红色风暴
真正席卷的
是咖啡　冰水
奶酪的爆发力
啤酒白色的泡沫
转化成一组诗
五味杂陈
飞艇溅起的浪花
把《桑塔露琪亚》
变成各自的心曲
随波荡漾出
鸭阵点点
天鹅齐鸣

天放晴了
我把放歌的心情
刻在他们的
脸上　掌声里　心里
还有飘逸的眼神

其实　唱歌
就是不想言辞
不想软弱苍白地表达
在冬天的故事里
把愚昧慢慢删除
黑暗慢慢透红
让喜欢歌的人
心生欢喜

三

朋友说
意大利美酒醉人
地中海阳光灼人
大海迷人
沙滩撩人
饮一杯酒
心驰神荡
直泻的热烈阳光
倾吐粉红之夜的狂想

海水轻轻拍打
溅出串串泡沫
在日夜遐思的深邃里
用地中海做底稿
依托涂抹一种蓝
属于你的心情
请沙滩作证
潮起潮退
花开花落

四

梦
飞进浪漫之都
铁锤攀附着黄塔
散发阵阵铜臭
凯旋门在嗖嗖的风中
抽泣　嚎叫
冷眼面对人来车往
成堆的烟头
把东西南北熏黑
更把腐蚀的酸雨
四处播洒

沿街穿越
木偶般冷峻静止的表情
在晚钟敲响的时候
悄悄告诉拿破仑
巴黎
时过境迁
物是人非

五

山顶
阿尔卑斯的石头壁垒
在企求永恒的沧桑里
风化成粉
昨日征服者
一掷千金
不遗余力
矗立　不仅是界碑

日趋衰败
贪婪后
悲伤的神情
滴血般的哭泣
消解成
渐被遗忘的
一行行史诗

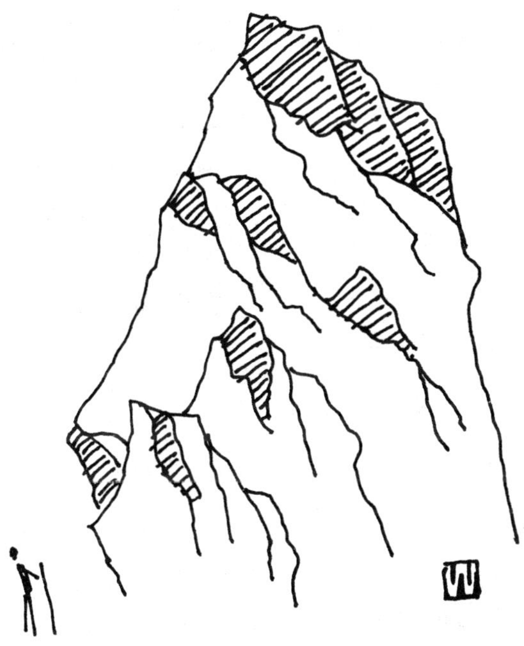

月牙泉感怀

月牙泉
汇聚有情人点点泪水
心潮跌宕
泉水起落
慰藉信男善女的心灵

月牙泉
沙漠的倩眼
吟唱着浅蓝的夜曲
微风拂面
沧桑的波纹
传递出荒凉的波心

月牙泉
泪已干涸的眸光
流淌着孤独和无助
驼铃的清脆
谱成心碎的怨恨
呼嚎在
茫茫大漠

月牙泉
撩去我伪装的面纱
清心如冰
彰显年迈的童真
哪怕只剩荒原上最后一滴
愿与岁月唱挽
走向殆尽
直到消亡

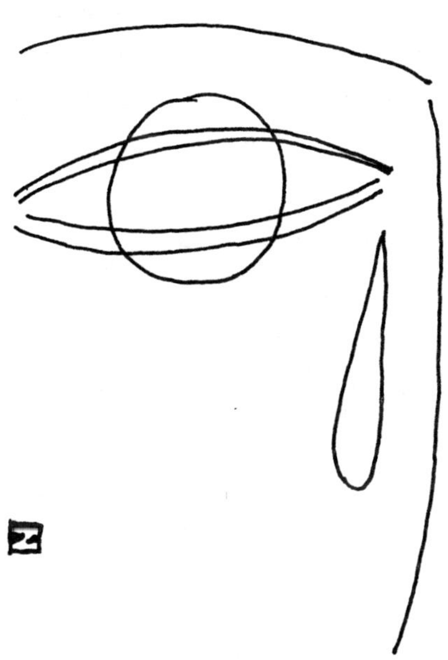

禾木印象

晨霭中
随手摘一朵白云
做一个哈达
祝福无边

晨光里
掀一个金黄
欲滴的成熟
觉醒久远的梦

炊烟缭绕
煮沸一个零点的祈求
心潮冲霄
迎送嘚嘚的马蹄踏月

奶酪酸楚咸湿
一如昨天的呼唤探寻
马头琴
把持成不变的造型

扮美的白桦树
挺拔起雄姿模样
深处吼号出
勃发向上的生命碑林

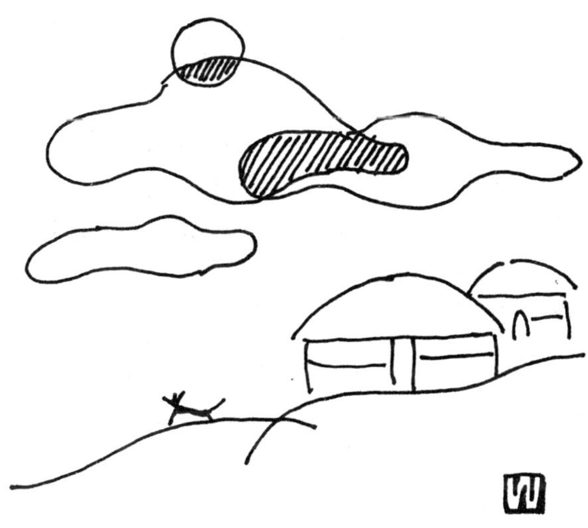

老咸菜

——为韩君诗集作序

老咸菜
盐霜点点
刻下岁月如歌的年轮

老咸菜
体色微黄
彰显勃然向上的生命力量

老咸菜
混同另类
怎一个鲜美了得

老咸菜
风化体魄
依旧咀嚼赤橙绿黄

老咸菜
任意摆放
随风摇曳的都是热泪诗行

* “咸”、“韩”在扬州方言中同音。韩君与我相交甚久，用半生沧桑形容并不为过。韩君诗集出版在即，一气呵成《老咸菜》，聊作不为序文之序。

66.4

66.4
一个蜗居
精神的栖息地
每平方寸的悸动
心与心碰撞的印记
笔墨肆意
谈笑风生
刻写无我的超然与意义

六层的 66.4
顶层
接近与上帝膜拜的距离
远离卑微凡俗　人面兽心
成就超越者
久违的独白与记忆

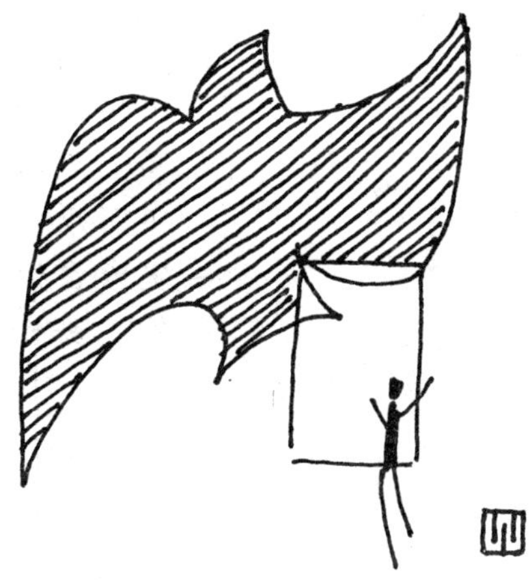

无　题

——为吴蓉古筝音乐会作

清水出芙蓉
母亲的寄语
纷呈的童话世界
天然成趣
质朴鲜活
在平实　清冽中刻写
琴瑟古韵　幽远迷离
指间的一首首童谣
绽放在
小荷才露的梦里

惬意
不变的生命状态
梨花欲落　拍打拨弄
高山流水　倾泻戛止
情迷古寺　黯然神伤
与音乐对话的语境里
任意驰骋
痴心不改

用心演绎
用情写意
坚守无尽的生命随想
在四季轮回的交响中
蜕变青涩
荷花映日

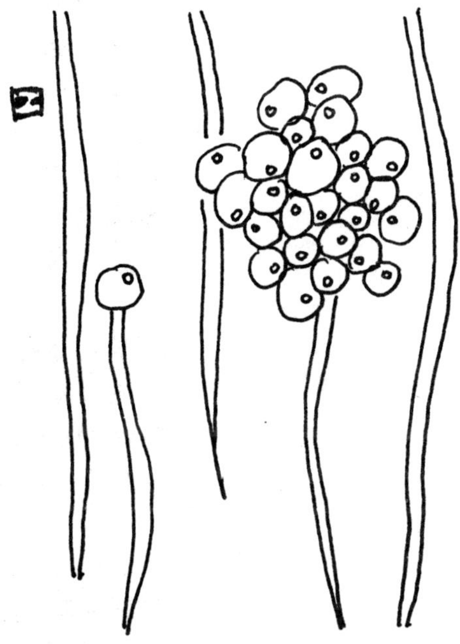

那扇门

独开的那扇门
陈旧发黄
吱呀声
低压着悲苦的嗓门
风残的对联　发白了
模糊的奢望

牛背红与牧笛
隔着青石板的对门
栖息归所里的盛宴
把鱼头
对准门的中央
待客守望一季

菜花黄了
流淌的碎梦连连
铺天盖地
收拾起无望的杂念
因为　门无需开启
将一天的深蓝与翠绿
引进厅堂

雄鸡打鸣
剖析久远的故事
闻着炊烟浓香
那一年的新米
粒粒辛苦
那一扇门里
新添红妆

风紧的日子
一屋霞辉映衬着眼神
嚼动的腮帮
鼓起了长久的欲望

月清的子夜
裸露身体所有的支点
用那扇门做一个屏风
无须害羞
走来的姿态
自负得
无比妖娆

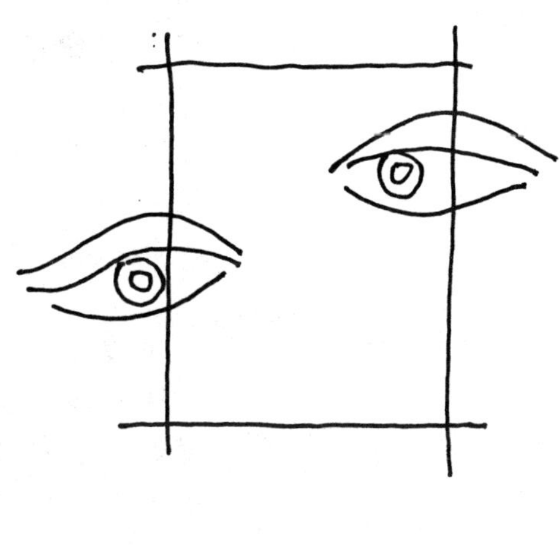

日　子

一男一女
门对着门
各自守护爱恋的小村

同样的楼层
踩在五十级的台阶上
活出无法丈量的心痕

春末午夜时分
蹒跚慢速的踩点
生命的挤压与沉重
哼出女人无怨无悔的喘息

对门的王子
日夜扮演酒后攀爬光柱的勇者
在急促的后现代舞中
数着不太乐观的日子
语无伦次　妻离子存
强保一半春光

她日换墨镜
用色彩体悟
年复一年　日复一日
为孕育的儿孙预购生命
得意忘形
乐此不疲

王子发工资了
运送五趟五箱酒
鲜红血丝的双眼
不再精神滑落

他们的脸
像两枚不同的指纹
在一张手掌的楼道里
形同陌路
时光更迭
影现各自燃烧的激情

“醒了吗?”
“我还要喝!”
2月14日　王子又忙活一整天

对门
飞出婴儿的哭声
王子首次破门送礼
哭声更大
妈妈又换了副墨镜
王子重复着喝酒攀爬光柱的故事

朋友说
我们都是被囚禁的歌手
即使唱歌
又何尝不是一种自得其乐
震震脑袋
顷刻的疯狂
与万年的人性契合
当着第八个被摔的酒瓶
我轻吁一口气
听懂所有的交响音符
得意
飘若神仙

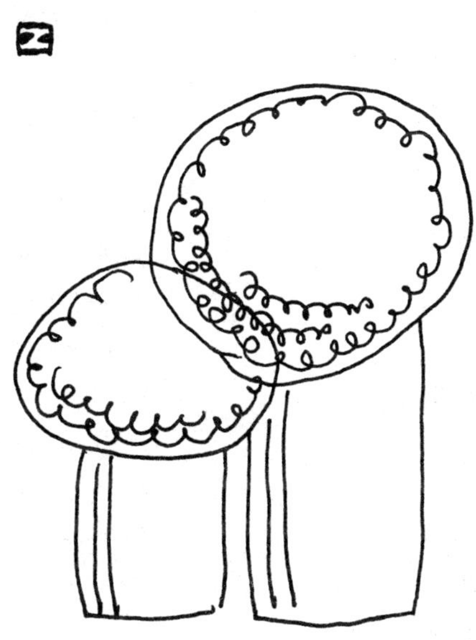

漫语城雕

似乎是一张名片
用上面的分量无端骗了若干年
倘若那把放大的钥匙还在
开启的地狱大门还敞开吧
昨天　那把钥匙不见了
大门　又换了方位

不知是什么风
一夜吹皱了整个城市的脸庞
牛皮癣与扁疣
牵强　莫名地显摆
背后的操手
数着用嘴脸换来的金钱
高喊立着的都是祖宗的木乃伊
为自己购买　那块
方形易损的黑色牌坊

不知是哪来的风
蒸发了纯粹富足的含金量
风干了玉环丰腴的肌肤
暗送的秋波
站立的脚跟
与地平线齐平
遮住了穿越薄雾的晨光

清一色的西方精灵
在东方湿地中嗖嗖发抖
变形的肢体　伸展
统一指向太阳和月亮
远望
尽显西装与瓜皮帽的奇妙组合
鳞次栉比　乳白色地矗立
像是生命归宿的最后摆放

骨灰盒上的墓志铭刻得很深
某君　用正楷写下全名
仙逝于那个峥嵘的年月
地点　大道的中央

无　题

天
很矮
楼很高
关门守望
囚禁的候鸟

地
苍茫
膏之荒
零星黄绿
错位的色斑

人
匆忙
宇宙间
男女相拥
繁衍地活着

犬
倦缩
心太累
冷眼向洋
紫色的忧郁

年
每每
来复去
无尽轮回
执著的算计

月
惧半
刚升起
半生沧桑
阴柔的铿锵

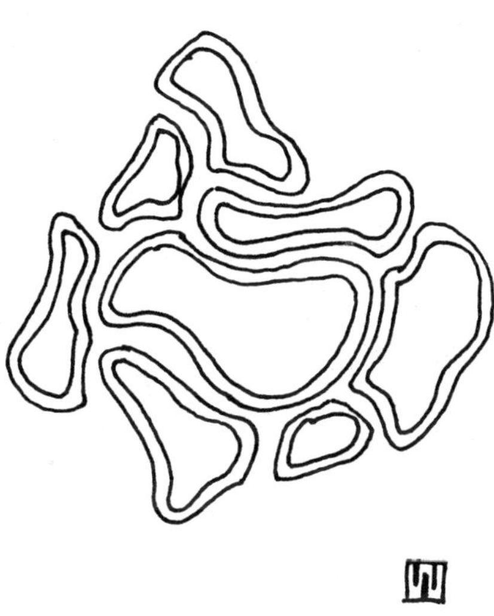

日
聊长
最大化
只争朝夕
疯狂地占取

你
了得
我亦是
早被分离
宿命般摆放

书　道

书道
非常道
一真为首
一法为器
一情为要
书写乾坤
道法自然

书道
人道
人书一体
心手双畅
抵达无我之我

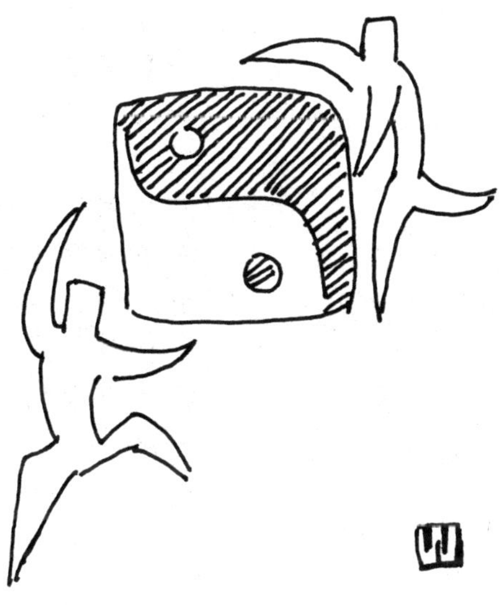

今　夜

世界虚空
我为具象
在几分讥讽中成长
嘲笑我的不止是
猪的智慧
马的笑容
鸡的雄奇
蛇的高耸
……

有时　我具象得
如清晨朝露欲滴
如秋后的一场雨
如诗行里寒彻如玉的结尾
如杜甫酒后带有恶臭的嗝
如傍晚里弯曲的炊烟
如池塘被风吹皱的绿藻
如妈妈眼角的鱼尾纹
如外婆歌谣里的春天

心绪不停
一直走在冰冷的山路
游离　攀沿　追逐
今夜
只想用一屋的黑与寂寞
深情地写个人字给你
用月的秋凉
寄去我
款款而来的倾诉
午夜
我　只想你

孤　独

孤独的感觉无言表述
提升了我的海拔高度
独享　与上帝拉近距离
孤独　唱响我的宣言
远离世俗
包含虔诚和感恩
聆听天堂清脆的钟声

孤独
成为心灵一片天
聊以自慰
勤耕不歇
黑暗中的航标
让提炼后的珍藏放亮迷茫
畅想的绿色通道
凝结艰难爬行的心迹

孤独
成为一生的财富
生命的边缘在攀沿中扩张
踽踽独行
决定来世
荒凉沙洲的地平线
仍有我的背影
魂魄逍遥
眺望无极

静　坐

静坐
静的挑战
生硬

静坐
静的观照
默默地准备

静坐
自觉的动感
内化　外化
消解　不语

静坐
一种禅

时间天使

——致远方的爱人

时间如同玻璃
破碎后
捡起一片
就是永恒
光怪陆离
变形　最初的向往

时间在你的手里
一个短信
一片艳阳
四季在拿捏中
无序　开放

时间在回味中
铿锵的玫瑰
唇边的红痣
情节的牵绊
一知半解的修辞
翻开它
不时地
打着青涩的嗝

时间在你的眸子里
看不到深处
透亮你的欺诈
还有淡淡游移的月光

时间仿佛是那双绣花鞋
踏行在秋风里
听潺潺流水的喘息
桥上的脚印
成为我
那年第一场冬雪的追溯

时间　在呼吸里
淡淡的咸味
呛鼻的霉味
还是读读诗吧
吟了一半
品了几行

其余
在风雨中肆意

时间在偶然中擦肩而过
火花的光芒铺就
沿街闪烁
直至梦乡

时间在痛苦的郁闷中
凝固整个夜晚
无语　挣扎
温暖的外衣
远远抛在地上

愿时间的泪
变成心中的海
彼岸
你早已握住那一滴
默诵心经
面朝大海

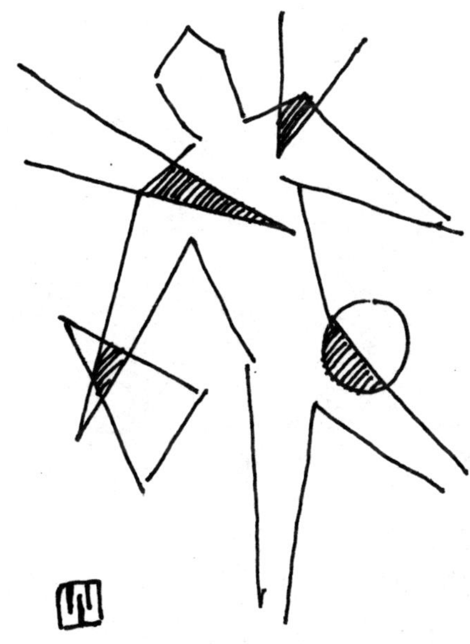

再握你的手

合围昨天相似的一幕
和而不同的主题音调
休止互筑时空的两头
道声珍重
却很沉重
颤栗的把握
写满约定的归期

放远后的旷达与深邃
投照在温情的栖息地
烂熟于心的叮咛与对语
永远走不出浓浓的故乡情愫

回首归望
归来的仅仅是吉祥么
披着的仅仅是星光么
心醉神迷的感恩
是你我心里那一片
挥之不去的
天空

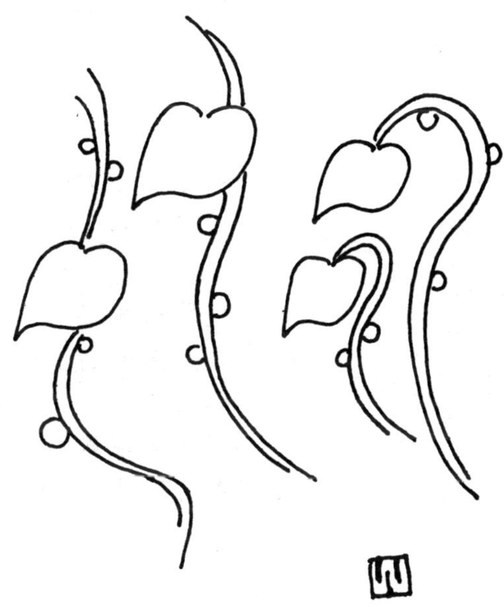

源　泉

我惭愧，我看不懂诗
你要懂干什么？
那是诗
你是诗的源泉

我什么也不懂
你要懂干什么？
那只是诗
雪中的脚印是我
回归的泪行

我什么也不懂
你要懂干什么？
那只是诗
坠落的碎片
点点纷落

我什么也不懂
你要懂干什么？
那只是诗

摇曳的雪花一触即化
难以自持

我什么也不懂
你要懂干什么？
那只是诗
只要懂得那一场雪
为何让我　如此
心醉神迷

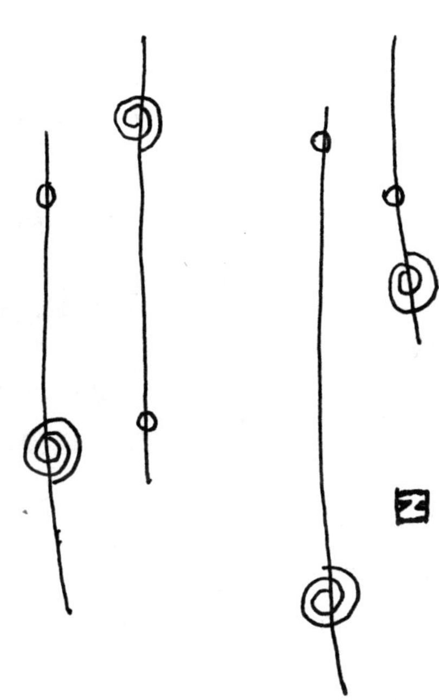

没有为什么

——情人节前夜

没有为什么
因为的背后　有心仪的果
说不清的道白
存放彼此的承诺

没有为什么
因为的前面　遇着几许假设
荒芜　漫延
无望　飘零

没有为什么
因为的中央　伫立真诚的目光
渴望闪亮的回眸
耗尽无期的等待

没有为什么
因为的前世　注定情缘
爬满东窗的蔷薇
透出天真的蹉跎

没有为什么
因为的来世　有今生的约定
满山的杜鹃啼血
映红一汪碧水清潭

没有为什么
因为无望　才去诉说
只要做明天的新娘
如期烂漫　肆意开合

男人女人

男人女人
各自守护的小村
风起时
洞开　封栓的门

男人女人
合时的神样
互筑巢穴
结构横竖　如此持恒

男人女人
饮酒销魂
企盼一个雨季
放置　盛水的澡盆

男人女人
闲时哼哼
打发时光
舍去　无聊印刻的心痕

男人女人
携手进门
怀着春暖花开
造访　一个无围的城

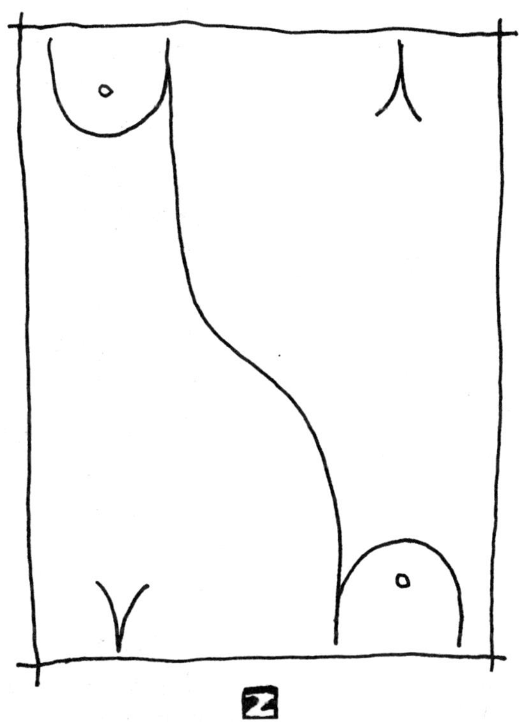

醉　了

醉了
划开另一个世界的豁口
还未清醒
下一个午夜的琼浆
灌满你我
浊灯难明

醉了
多真的音调
新谱狂者的卑微
放大悲者的伟岸
一颦一笑
葵花般金黄灿烂

醉了
枕一朝虚实
稍纵即逝的诡秘中
挑一支蓝色妖姬
献上殷勤滴血的余香
流一行泪
就算是秋日雨长

醉了
踉跄的软语
掩盖早日回家的虚妄
如意巷里
摸寻迷失的芬芳
消逝的丁香

醉了
那一夜的星星何其多
欲哭的眼睛
放大从未遭遇的凋零
沉迷不醒
充当背景

醉了
昏灯沿途
找不到一个可以依靠的墙
乘月色还未褪去
扑向仅有的温床

欲哭的泪

欲哭的泪　滴下
一颗颗抛洒
如断裂的珍珠
缓缓滑落
洗净　消解
透亮成
眼中的眸光

欲哭的泪
满天飞絮
随风摇曳
沾染击垮的粉尘
落地　生花
稳扎得一丝无声
无踪无迹

你轻轻来去
像一场春雨
祈望　叩待
悄然无声　静静绽放
我选择珍藏风花溃落

你非把那雪月的圆满
鲜红地
撕破　给别人看

哭泣的泪行
像一把锯条
来回拉扯
如秋季萧寒
黯然神伤
枯槁中还闪着赤黄
用温暖再筑一个巢穴
依偎其中
独自疗伤

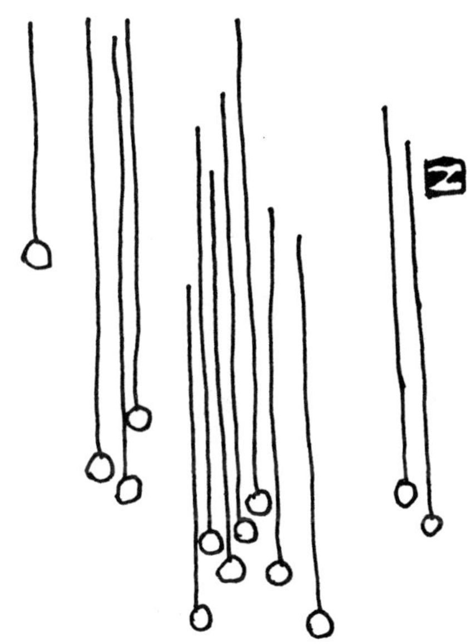

无理而爱

重　逢

我知道
与你根本没有重逢
即使面对面
你依旧
视若冰霜
不是你的无情
是因为你给我的那份
执意　太真
无心丢弃
重逢是风
重逢是雨

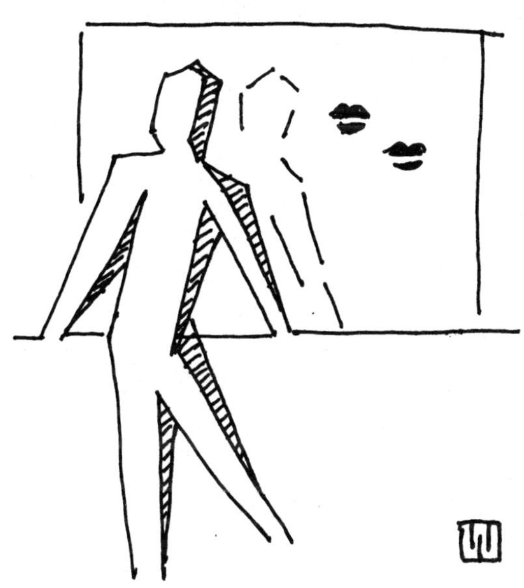

泪如雨下

雨的日子
你说那是思念的泪
有太阳的天气里
我总说那是我的热情

艳阳高照的六月天
骤降大雨
小街上
只有伞的接踵而至
不见
雨中的你

我——
泪如雨下
天天制造
雨的日子
为你
……

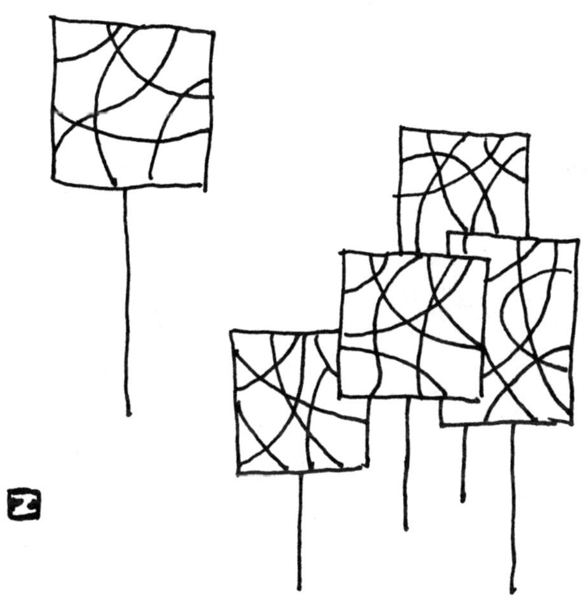

秋

秋
又来了
片片坠落的
梧桐叶
我的心
阵阵凋零
因为风的缘故
让我倍觉
秋寒若水

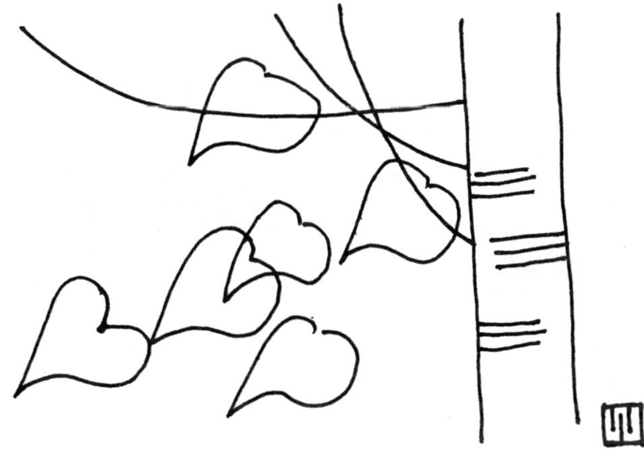

慵　扰

在恋爱的秋季里
争吵得
惊天动地
你摔碎一只杯子
我掀翻一张桌子

你活在你的天地里
失落的总是我的惆怅
冤家永远路窄
想用话语套牢你
结果
我却被慵扰
牢牢套住

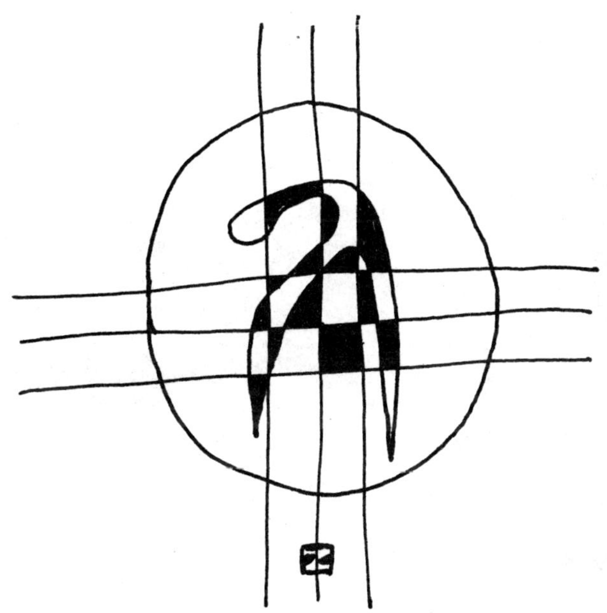

温　暖

这件衣服
把它折叠
连同风霜一起珍藏
只要想起就是回放

那是在有风的码头
挥别后
载着泪水的船
带走了飘的方向

临走时
你把你的外衣披在我身上
读着兜里的书信
温暖的字眼
扑面而来
我
险些被撞成重伤

无　语

芦花漫天的道上
飘来一首歌
还有一辆马车
你问我
如果你是赶车的王子
还有公主依偎
马车应该归谁呢

我
无语
沉默的芦花告诉我
车轮可以来回碾压
相聚的日子
是否可以再次轮回

恋爱中的女歌手

你用手语
划一个心字
抱怨我不言不语
我说
语言的尽头
向你走来的
就是音乐

从此
在你的眸光里
我看到夜曲的温馨
女歌手
一直低声吟唱
那首熟悉的老歌
我
从此用心坚守
月下的那片宁静

你的眼神

都说你的眼神　像
温柔一把刀
我悄悄藏好
不是为了一场杀戮

黑夜
折出的寒光
照见荡漾的眼神
今夜的迷途　慌乱

前方
还有多远

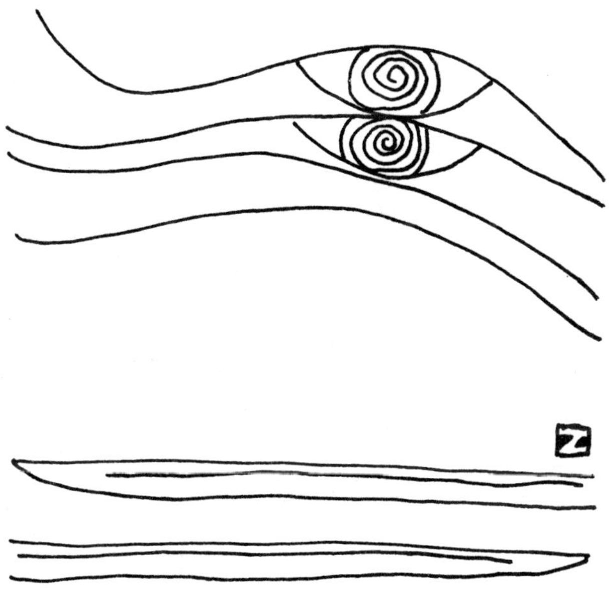

角　度

有人说
癞蛤蟆追逐天鹅
是为提升自己的高度
我追求你
放大我对你的
一声叹息
你去年的怒吼
把我丢在一口枯井

其实恋爱不必刻意
今天的表征
一览无余地绽放
随意涂抹
若即若离

窗　前

秋月萧寒
挂上枝头
把待剪的烛光挑起
我活在诗意的深巷里
尽管　你的逝去
已消解成一片
思念的月光

今夜
我眺望远方
窗儿为你打开
只要有风霜的凝结
就会看到你
风尘仆仆的容颜

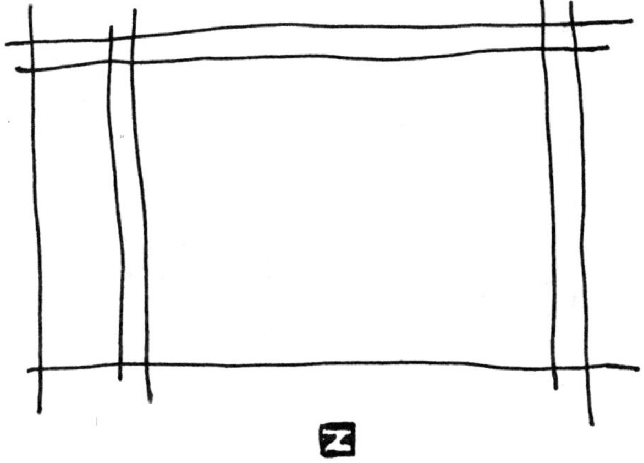

打枣儿

山坡头
打了很多枣儿
一颗咚咚
滚到我的脚下
你娇嗔地说
这颗是你的童年
一树繁花
缤纷似锦

短　信

你说你写的每个字
就像失恋的泪滴
躯壳烫了
烤焦的文字裹着热烈
还一味地憧憬
你的心
早已被掏空

短信
带着你的体温
像随风的落叶
发飙的还有
肆虐的风
清冷的心

短信
伤痛过后
留下一地药渣

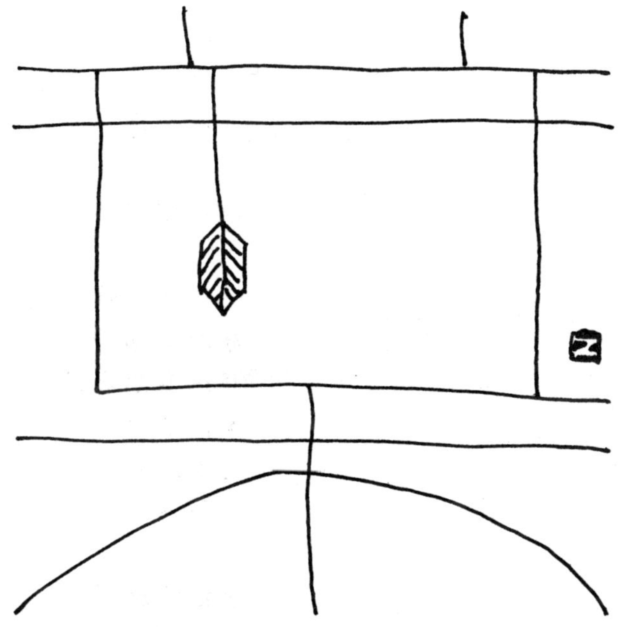

归 望

——为艺术学院2006届毕业生而作

远远望去
枯枝残叶
堆满折叠发霉的故事
无奈　空寂
和着六月的雨
肆意逍遥

华灯迷离
易醉的酒瓶
摒弃昏睡的誓愿
一个句号的阐释
锁不住
血与火的萌发
肢体抗争的律动
困惑无视的归望

紫藤爬满围墙
雪青的符号
把持着离别的神秘与凄婉
丁香弥漫
悄然埋下一颗坚硬的种子
昨日
冷风滑落
今夜
晓月窥然

疯狂的呼喊
游走笔端
编织妄想者的宣言
蹊径芳草
大步流星
甩手独行

今生的旅行
一个绵延的续进
停泊　休整疲惫的身躯
打理行装
风铃　拾起凌乱失散的记忆
明天　撑起一片蓝天白云

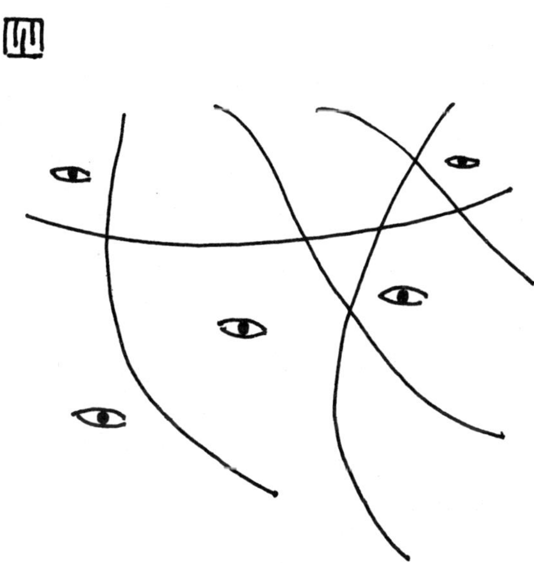

舍不掉
骤然离去的风帆
连同溃落的心绪
割不断
四季拨动的琴弦
分离骨骼与血脉
孤望无际
恪守无涯

无力休止
前行的灵魂并不孤独
远方
一个同样的灵魂与你呼应
心手相连
不离不弃

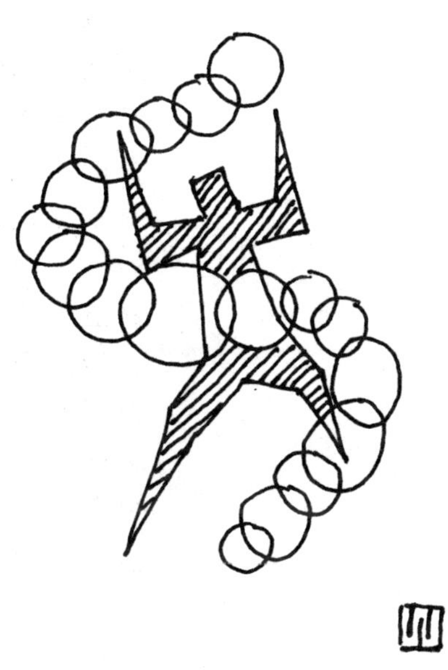

青　涩

青涩
悬挂的吉他
从未拨弄过的乐器
只要鸣响
都那么杂乱无章
毫无调性

青涩
假装成熟
高喊成大事
慌乱时
一脸凋零
满眼无奈

青涩
刚出世的小鹿
瞪大眼睛看世界
脚步踉跄
摔倒后
执拗地爬起

青涩
难调的色彩
涂抹繁多的蓝图
深不可测的理想
企图用绚烂装点
遮不住的还是红　蓝　白

青涩
一场感冒
经历它
从此
知寒晓热
感受岁月冷暖

青涩
庞杂而无情节的梦
即便沉醉　不愿醒来
在下雨的早晨
草草收场
凝望远方

青涩
尘封的记忆
鲜艳夺目
细读它
几许真实
几许荒唐

青涩
翻越险峰的道口
漫长旅程的驿站
转眼间潮起潮落　日月更迭
回望时四季轮回　花开花落

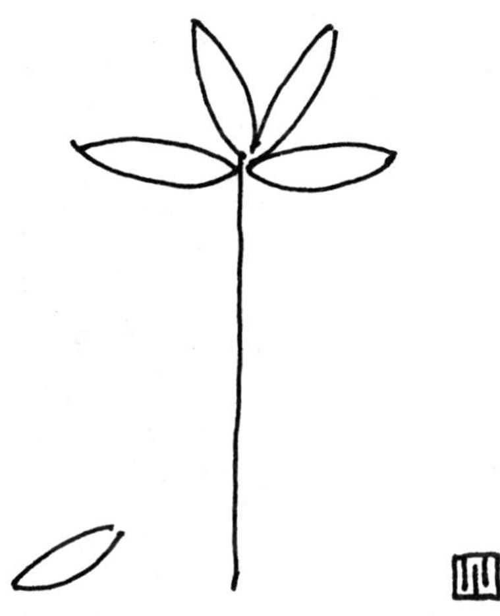

离别随想

每年这个时候
凝望缺了的月亮
锁定拉长的视线
渐渐飘远的思绪
一个又一个编织的镜头
精彩的多角切换
倾注了一腔热情

苦行僧以苦为乐
踏着和乐的节拍
吐出多彩的新民乐
坦荡心扉　鹤鸣九天
炼就海纳百川

大地飞歌
把灿若星河的激情岁月
撞成一支动人的交响
大美无言的七音
浇铸一个自由女神像
任意驰骋的信条
余音袅绕　丝丝入扣

圆　一个久违的梦
唱　一支古老的歌
把四季的风灌入其中
指辨出　莫扎特　肖邦的音乐话语

我以杨柳的生长形态为豪
轻风漫舞　吹落的残叶
叠砌机理与年轮
成为可触可摸的碑刻
顿悟生命
只不过是一种状态
大义参天
精忠贯日

如果再让我选择
我还会回来
因为你是我叱咤风云的始发地
无论你怎样潮起潮落
都让我难以释怀
朋友
把握一次远航的征程

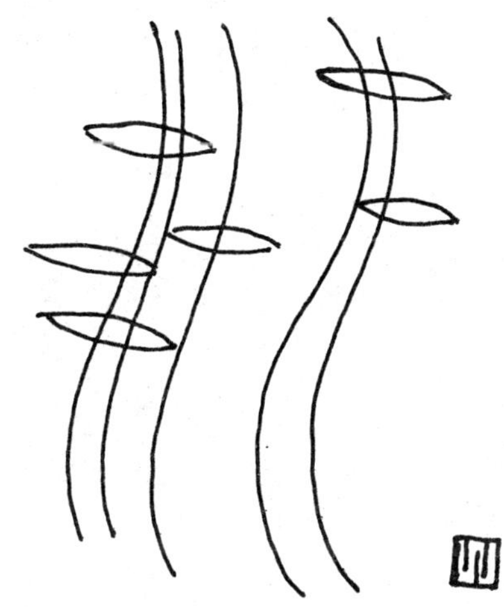

在旭日映衬的地平线上
声震苍穹
高歌入云

怀想天空

还未收拾起
心的疲惫
那叱咤的神箭
已射向沉醉缥缈的夜梦

多情泛绿的雨季
我暂把归心　存放
在静静的空港
等待枝头一弯明月
把离愁别绪
在金樽玉馔间频举

徐风撩起的追溯
随泪泉一起流淌
在绵雨无尽的情状里
释放追随无悔的执著
似那
大雨滂沱后的彩虹
正午赤炎的骄阳
白雪纷落的诗意
干涸时迎来的甘洌

更是那
十五月圆时的双飞燕
还有那熠熠生辉　动人心魄的
蓝色心曲

惊悸的铃声
牵着四季青春的幻想
浇灌绿色竹海
渐渐着陆在
淡定从容　宁静幽远的驿站

天堂鸟

——给毕业班的每一位同学

邀白云来做伴
深邃的碧蓝
天地一色的旷野中
轻柔的抚慰
高远的誓词
那一刻
让灵魂畅想

一叶扁舟
撑向斑驳银白的尘世
把苦愁与勤勉连接
划破浮藻
攀爬彼岸
愚昧在不经意间
化为舢板上的
另一根钉

又一个雾气沉沉的早晨
还是那棵梧桐树下
沧桑　依稀可辨的年轮
触摸昨天编织的故事
无语　相拥
匆匆打点行装的我
在影像中定格
拉长　凝望的视线

千纸鹤
不再回眸顾盼
风铃响动
最后的时刻　丝丝绵长
悬挂的都达尔
你是我孤独颤栗的天使

四载如同四季
我们如期而至
小桥流水　静动相宜
每每向你点头的枝叶
是久违的守候与期望
淋漓纷争的倾情
用丰硕的内核

引爆一次次令人鼓舞的脆响
如花烛夜歌
杳至高昂
痴醉妄想

燕子
教我如何不想她
田园交响　梦牵魂绕
把赤黄的向日葵
当作最后的晚餐
咀嚼希望
把收获的过程
花一生的精力
永久收藏

放飞吧
我的同学少年
向天号歌
裸露纯真
铺就人间正道
启明星升腾的地方
赫然写着你我的诺言
生命永远
真理永恒

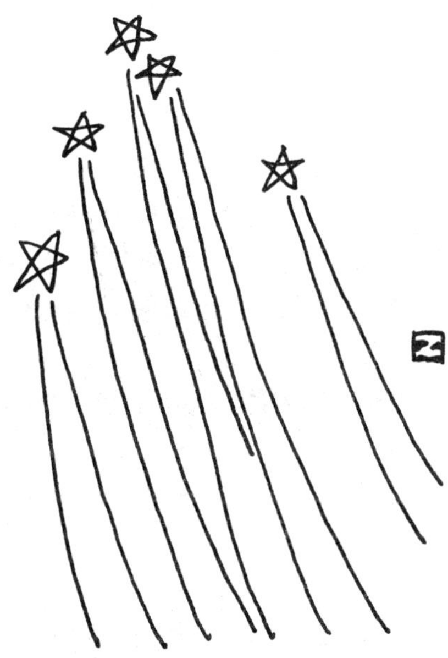

诗歌与音乐 | 后记

张美林

- 诗歌就是音乐，或是音乐的另一表达方式，在节奏中放飞乐思，直抵人心；在缓急中喜怒哀乐，启思怡情。
- 诗歌虽然用语言表达，但非语言性的意象，又远远超越文字，与音乐内在美的本质毫无二致，通过联想的翅膀，让精神自由飞翔。
- 诗歌的音乐性，不仅体现其长短、强弱、虚实，它是纯真心灵的歌唱，是生命真情的咏叹，是休止符后响彻大地的春雷。
- 诗歌与音乐同构，它留存于人的精神世界，在大千世界中根植，闪耀着人性的光芒。
- 包括书画在内的一切艺术形式，其文化母体与精神内涵应当是高度统一的，因为，它们永远关注的是人——人文、人本、人性。
- 当今，写诗的人越来越少，读懂诗的人更少。但诗歌可以畅游精神。写诗行为本身，在某种意义上就是一种归隐，向着自己真实生命与心灵归隐，并转化成一种文化传承与象征。
- 只要有生命存在，诗歌的延伸就不会停歇，对诗歌的恋情就永远炽热。

■ 在诗集付梓之际，首先感谢叶橹先生花费大量时间，阅读我的诗稿，并欣然作序，使我深受感动与鼓舞。特别感谢我的好友周兵兵、瞿斌先生，他们对诗集的编辑、推敲，投入了很多心血。尤其要感谢周兵兵先生为诗集作整体设计，周兵兵、王宏先生为诗集精心绘制插图。没有这些，诗集的观赏性将大打折扣。

■ 最后，我还要衷心感谢江苏悟禅农业生态有限公司、江苏华商医学科技股份公司对诗集出版的鼎力相助！